LE BALLET
DV COVRTISAN.

A PARIS,
Chez TOVSSAINCT DV BRAY,
ruë S. Iacques, aux Eſpics meurs,
& au Pallais, à l'entree de la
galerie des priſonniers.

M. DC. XII.

Auec Priuilege du Roy.

LE BALLET DV COVRTISAN.

MONSIEVR,

Ie ſçay bien que vous auez l'eſprit ſi beau & ſi reglé, que en quelque lieu que vous ſoyez, vous ne vous y ennuyez iamais: ſi eſt-ce que ie vous euſſe deſiré à la Cour il y a quelques iours, tant pour le contẽtemẽt que i'euſſe eu de vous voir, cõme de celuy que vous euſſiez pris d'vn Ballet qui merite que ie vous en repreſente l'ordre. Premierement vn Courtiſan couuert d'vn clinquãt aux deſpens de ſes creãciers, entroit ſuiuy de trois pages, & dãçoit ſur vn air particulier, puis cõmãda à l'vn de ses pages d'aller querir vn Tailleur, qui vint sur vn air nouueau qu'ils dançerent tous ensemble: Ce pẽdant le Tailleur prend la mesure d'vn habit au Courtisan, & à la fin luy presente ses parties, que le Courtisan deschire: le Tailleur a recours à des Sergents, & leur met en main vne obligation du Courtisan pour le mettre en prison, à faute d'auoir payé ses parties.

LE TAILLEVR DIT,

IE suis Tailleur de mon mestier,
On me cognoist dans le quartier,
Et d'estoffes bien assorties
I'ay vestu de chausse & pourpoint
Ce Courtisan fort mal en point,
Que l'on me paye mes parties.

Comme ils alloient executer ceste obligation, le Commissaire entre, qui demande que c'est, on luy monſtre des papiers, & en les liſant il eſt interrompu par les creanciers du Courtiſan, cõtre lequel chacun d'eux preſente requeſte & ſes parties au Commiſſaire pour auoir payement, ou permiſſion de faire ſaiſir la perſonne & les biens du Courtiſan.

La Boisseliere.

A Moy qui ſuis la Boiſſeliere,
De mon meſtier Cabaretiere,
Ce Courtiſan manque de foy,
Le meſchant, le vilain pariure,
Il voudroit bien me faire iniure,
Luy qui fuſt mort de faim ſans moy.

Bien qu'il fiſt par tout l'agreable,
Afin d'auoir place à la table,
Souuent ſans moy, cet impudent,
Qui ne trouuoit point de lipee,
Euſt mis en gage ſon eſpee,
Ou deſieuné d'vn curedent.

Quand ie n'eſtois pas arriuee,
Ou que la table eſtoit leuee,

Ou qu'il n'auoit place au bas bout,
Il contrefaisoit le malade,
Ou bien disnoit d'vne salade,
Ou bien ne disnoit point du tout.

Ie l'ay nourry, ie l'ay fait viure,
Lors que le voleur venoit suiure
La Cour iusqu'à Fontainebleau,
Et n'en ay point de recompence,
Que l'on me paye sa despence,
Ou bien qu'il laisse le manteau.

PARTIES POVR LA BOISSELIERE.

POur le disner du Courtisan
Au Dimanche vn demy Faisan,
Plus vne souppe de marmite:
Pour le Lundy des poix nouueaux,
Vn potage fait de naueaux,
Au dessert vne poire cuite.

Au Mardy comme au Mercredy,
Et pour tout le iour du Ieudy,
Vne espaule auec vne esclanche,
Tousiours le rosty, le bouilly,
Et le bon vin n'a point failly,
Le pain blanc, ny la nappe blanche.

Au Vendredy de bons œufs frais,
Esté des febues de marais,
Hyuer, de la fraische maree,
u Samedy mesme repas,
a salade n'y manquoit pas,
es capres ny la chicoree.

Pour vn grand laquais tout pelé,
u mouton ou du bœuf salé,
t selon les saisons les viures,
lus, sans les tranches de iambon,
n bois, en chandelle, en charbon,
e tout peut monter deux cens liures.

LE PARFVMEVR.

I'Ay des gands d'Espagne, & des peaux,
I'ay des pommades, & des eaux,
e sçay faire la Cassolette,
es pastilles, les oiselets,
Et bien parfumer les colets
'ambre, de musc, & de Ciuette,

I'ay des muscadins excellens,
Qui ne sont point trop violens,
'ay du vray baume de Iudee:
Et de beaux secrets les meilleurs

Qu'on en puisse trouuer ailleurs,
Pour estendre la peau ridee.

I'ay trouué la perfection
De faire vne confection.
Qui guerit le mal de la mere,
Ie charge doucement la peau,
Ie sçay bien distiller vne eau
Qui fait merueille & n'est pas chere.

I'ay de l'huille à blanchir les mains,
Et tous les parfumeurs Romains
N'auront point sur moy de victoire:
I'ay contre tous les maux de cœur
Vne douce & blanche liqueur,
Dans ma longue boëste d'yuoire.

Qu'vne Dame vse par neuf mois
Tous les iours trois ou quatre fois
D'vne essence que i'ay secrette,
Elle accouchera sans crier,
Ie ne me fais guiere prier
Pour en apprendre la recette.

Mais i'ay tout quitté pour plaider,
Et mon bon droict recommander
A la Iustice accoustumee:
Contre vn, dont ie n'espere rien,

Et qui peut estre croira bien
Par mes parfums de fumee.

PARTIES DV PARFVMEVR.

I'Ay donné trois peaux de senteurs,
Plus ie sçay que mes seruiteurs
Ont deliuré de l'eau d'orange,
A ce braue donneur de vent,
Et qu'il est venu bien souuent
Remplir son zest de bonne eau d'Ange,

Plus il a pris des oiselets,
Du papier à faire poulets,
D'huile de Talc vne phiole,
Des pommades & des sauons,
Et des pastes que nous faisons
Dont l'vne vaut vne pistole.

Des gands d'Espagne & de Paris,
Des poudres d'Ipre & d'Iris,
Et du meilleur baume que i'aye:
Faut-il qu'il se mocque de moy,
Ie suis marchand de bonne foy,
Ie demande que l'on me paye.

La Lingere du Pallais.

Ie suis Lingere du Palais,
I'ay des rabats, i'ay des colets,
I'ay des mouchoirs & des chemises,
Et ie fais fort bonne raison
Aux filles de bonne maison
A qui ie vends mes marchandises.

Ie sçay fraizer, goderonner,
Ie sçay blanchir & sauonner,
Ie ne trouue rien difficile,
Et lors que ie veux faire bien,
Les Flamandes n'y sçauent rien
I'empeze le mieux de la ville.

Ce Courtisan, pour le blanchir,
M'auoit promis de m'enrichir,
Mais c'est vne triste prattique,
Ie demande mon payement,
Qu'on me dépesche vistement,
I'ay bien affaire en ma boutique.

Parties pour la Lingere.

Ainsi chacun en est trompé,
Il a de moy du poinct couppé.

Quatre douzaines de chemises,
Des mouchoirs des coiffes de nuict,
Et i'auois beau faire du bruit,
Ce n'estoit rien que des remises.

Ie l'ay blanchy trois mois durant,
Et ne dy pas le demeurant,
Mais ie n'en ay pas eu la maille:
Il me doit bien cinquante francs,
D'auoir tenu ses rabats blancs,
Qu'on me paye & que ie m'en aille.

LE MERCIER DV PALLAIS.

IE vends des manchons, des chapeaux,
Des bas d'Angleterre fort beaux,
Des ceintures en broderie,
Dont ie fais à tous bon marché,
Et suis tout le iour empesché
Au Pallais dans la gallerie.

Mais quoy? ce Courtiran maudit,
Prenant vn Castor à credit,
Sans me demander ce qu'il couste,
Me fait venir plaider icy,
Si chacun me faisoit ainsi,
Ie ferois bien tost banqueroute.

LA REVENDEVSE.

IE suis Reuendeuse publique,
Et des habits dont ie trafsique.
I'ay fait credit, & m'en repens,
A cet afronteur sans parole,
Est-ce la raison qu'il me vole;
Et qu'il soit braue à mes despens?

LE MARCHAND.

NOus autres Bourgeois & Marchans
Ie son credit à des méchans,
Qui prenont noutre marthandire,
Moy, ie presty soubs bonne foy
A ce Courtisan que ie voy
Du grou camelot de Turquire.

Il velet vn pourpoint de deuil,
Et me feret si bon accueil,
En me trouuant dans ma bouticle:
Mais quand ie l'enuoigés chercher,
Le galland s'en alloit cacher,
Où feignet chanter la Muricle.

Et quand ie le pressay bean fort,

Il iuſet le ſan & la mort,
La face pleine de choleze:
Monſieur, faites m'en la rairon
Au lieu de le mettre en priron,
Il le faudret bouter en galeze

LE PREMIER SERGENT.

QVi me donnera de l'argent,
Ie ſuis du meſtier de Sergent,
Qui ne croit point en des paroles,
Et ſi l'on me penſe tromper,
Ce Courtiſan peut eſchaper,
S'il me veut donner deux piſtoles.

LE SECOND.

CEs affronteurs de Courtiſans,
Font les vaillans, les ſuffiſans,
Pen[illegible] qu'on n'oſe les contraindre,
Mais tout de meſme qu'vn valet,
Vous entrerez au Chaſtellet,
Vous auez beau dire & vous plaindre.

Le Commissaire.

PVis qu'il n'a pas vn seul denier,
Ie le vais mettre prisonnier,
Il ne dit rien que des sornettes,
Crier, se fascher, iurer Dieu,
Et dire qu'on est de bon lieu,
Cela n'est point payer ses debtes.

Le Covrtisan.

Cessez de plus me tourmenter,
Ie vous feray tous contenter,
Alors que ie vendray ma terre:
I'attens vne succession,
Puis i'espere vne pension.
Ou bien que nous aurons la guerre.

La femme dv Covrtisan

Prenez nos biens & les vendez,
Et de ce que vous pretendez,
Tirez de bonnes asseurances:
Mais ne mettez point en prison
Vn homme de bonne maison,
Plein de si belles esperances.

LE Commiſſaire accorde à la femme du Courtiſan que ſon mary ne ſera point mis en priſon, les creanciers ſe retirent, le Courtiſan, ſa femme & le Commiſſaire demeurẽt enſemble, & apres auoir vn peu dancé, au lieu que le Courtiſan & la Dame deuoient remercier le Commiſſaire, le mettẽt entr'eux deux le tourmentent de coſté & d'autre : en fin luy donnent du pied au cul, le iettent par terre, & s'enfuyent, Le Diable d'argent arriue, qui trouuant le Commiſſaire par terre, luy fait mille maux, & autãt de malices: puis le prenãt par les mains, le leue de terre tout d'vne piece, & luy donnant des peurs extreſmes, le conduit auec vne infinité de mines & de grimaces hors de la ſalle. Le Commiſſaire ne laiſſe pas de r'entrer apres en ſon ordre auec les Creanciers, pour ſe payer tous enſemble aux deſpens du Diable d'argent.

La Bouffonnerie acheuee, où le Courtiſan, ſa femme, le Commiſſaire & les Sergents eſtoiẽt venus, chacun ſur vn air, & vn pas differend, le grand Ballet commença, dont le ſubiet eſtoit, à ſçauoir qui eſtoit le plus fort Amour, celuy des Dames, ou de leurs ſeruiteurs: & pour en rapporter les effects, entroient deux Amours, celuy des hommes mené par la Conſtance, qui ioüoit du luth: & celuy des femmes, mené par la Prudence, qui ioüoit auſſi du luth; & ſ'eſtãt mis l'vn deuant l'autre, ils chanterent ces vers en dialogue, & finirent par vn deffy qu'ils ſe firent l'vn à l'autre.

LE

LE PREMIER AMOVR pour les hommes,

ON ne void point de changements,
De pleurs, de plaintes, de tourments,
En tous lieux où ie suis le maistre,
Que les Dames ne facent naistre.

LE SECOND AMOVR pour les femmes.

TOut le mal vient des Amoureux,
Leur artifice est dangereux:
Ils se font voir transis & blesmes,
Et cependant n'ayment qu'euxmesmes.

LE PREMIER.

DEs Dames vient la cruauté,
Et faut que la legereté,
D'elles, & non des hommes sorte:
Car le nom de femme elle porte.

LE LECOND.

LE changement & le mépris
Leurs beaux noms des hommes ont pris,
Cesse d'en accuser des belles,
La Constance est femme comme elles.

LE PREMIER.

MEsler de l'espoir aux rigueurs,
Auoir des attraits à tous cœurs,
Et moins d'Amour que de malice,
Des Dames c'est tout l'exercice.

LE SECOND.

RIre, en inuocquant le trespas,
Promettre la foy qu'on n'a pas,
Et puis en perdre la memoire,
Des hommes c'est la seule gloire.

LE PREMIER.

SI tu veux dire, audacieux,
Que les Dames ayment le mieux,

Et qu'il faut bien que l'on s'y fie,
Vien au combat ie te deffie.

LE SECOND.

SI pour te sauuer de la mort,
Tu ne fuys, craignant mon effort,
Ie me veux battre pour les Dames,
Et t'oster ces traicts & ces flames.

M.

LEs violons sonnerẽt vn air, sous lequel les Amours combatirent ensemble. Ce pendant la Musique du Roy entra habillee en Vertus, & pour separer les deux Amours, chanta cette Stanse.

CEssez petits guerriers, c'est assez combatu,
L'Oracle qui des DIEUX mõstre la cõnoissãce
Vous apprẽd que l'Amour a le plus de puissãce,
Où sa diuinité void le plus de vertu.

LEs deux Amours separez, celuy des hommes alla vers la porte, où il trouua six Cauailliers vestus de toile d'argent blanche, le corps & le bas de saye semez de flesches en broderie de canetille d'or & d'argent auec des bãdes depuis la ceinture iusqu'à la moitié du bas de saye de toille d'argent blanche, les vnes en broderie de flãmes, & les autres de pennes: la coiffure auec vne infinité d'aigrettes, le bas incarnat, la botine blanche, couuerte de clinquant d'or. Ils entrerent leur Amour deuant eux, & firent six figures au son des violons. L'Amour des femmes entra aussi tost à la teste de six Dames, habillees de toile d'argẽt blanche, en broderie de flames de canetille d'or & d'argent, depuis la ceinture iusques à la moitié de la robbe, auec des bandes pareilles à celles des Caualiers: leur coiffure estoit de guirlãdes auec vn gros bouquet d'aigrettes. Et apres auoir fait six figures, les Caualiers & les Dames se trouuoient ensemble, & dançoient le grand Ballet; Puis les deux Amours se separoient, tenant chacun six arcs qu'ils distribuoit soubs vn air & vn pas nouueau aux Cauualliers ou Dames de son party. Au mesme temps se faisoit vn combat entr'eux, & les Dames desarmoient les Cauualliers, La chesne se dançoit au son des luths & des voix, & à la fin l'Amour des hommes se trouuoit prisonnier de celuy des femmes, & les Caualiers aussi prisonniers des Dames, & la musique chantoit des vers à la louange des Dames, & à la gloire de leur Amour.

Grand Roy des Peuples & dès Rois,
Amour, i'adore mille fois
Ton arc, tes flesches, & tes flames,
Et beny ton élection,
Qui cherchant la discretion,
La va trouuer au cœur des Dames.

Elles suyuent la verité
Et les hommes la vanité,
Les Dames sont les plus fidelles:
Et leurs Amants presomptueux,
Qu'on void tant soit peu vertueux,
Ne tirent leur vertu que d'elles.

FIN.

Extraict du Priuilege du Roy.

PAr grace & Priuilege du Roy il est permis à Toussainct du Bray, Marchand Libraire Iuré de nostre ville de Paris, d'imprimer ou faire imprimer, vendre & distribuer par cestuy nostre Royaume & terres de nostre obeissance, vn liure intitulé *Le Ballet du Courtisan*: Et deffenses sont faites à tous autres Libraires & Imprimeurs de les imprimer, contrefaire, ny alterer sans le congé & consentement dudit du Bray, pendant le temps & terme de six ans entiers & accomplis, sur peine de cōfiscation des impressions qui en seront trouuees contrefaictes, & de tous despens, dommages & interests enuers ledit du Bray. Voulans en outre qu'en mettant vn bref sommaire au commencemēt ou à la fin dudit liure, il soit tenu pour deuëment signifié à qui il appartiendra, ainsi que plus amplement est contenu & declaré és lettres dudit priuilege. Donné à Paris le 28. iour de Mars 1612. & de nostre regne le deuxiesme.

Par le Roy en son Conseil.

De Vabres.

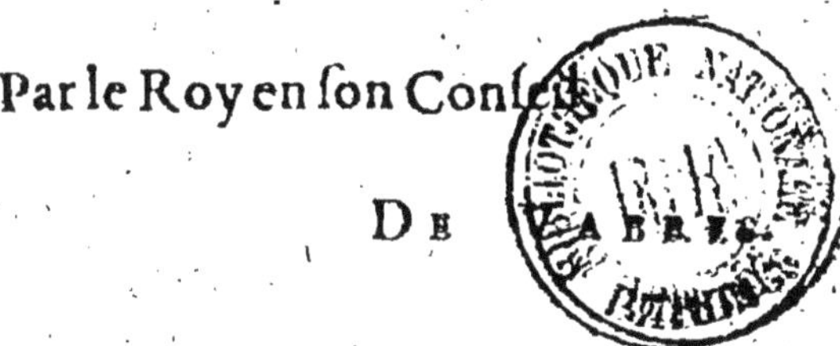

Supplément au Ballet du Courtisan.

Le Ballet du courtisan a été réimprimé avec augmentation dans le Recueil suivant : *Recueil des plus excellens ballets de ce temps* marqué De l'imprim. de Toussaint du Bray. A Paris, chez Toussaint du Bray, rue S. Jacques aux Espics meurs et en sa gallerie des Prisonniers au Palais, MDCXII (1612) avec priv. du Roy in 8 de 4 ffts prélim. & 201 pages + 3 ffts non chiff.

(Priv. du 28 7bre 1612.)

On trouve en plus dans le *Recueil des plus excell. balets de ce temps* :

(No 1.) P. 5-10 Cartier couste tailleur. Memoire de la fourniture . . . . . . Quon n'en recouvre jamais rien.

(Vr cette édit. P. 4).

(No 2). P. 19-22 Conte les marchans. Je viens à vous pour je m'envoye . . . . . . faites en caresme prenant.

(Vr cette éd. P. 13)

(No 1.) Voyez p. 4.

Cartier couste tailleur.
Memoire de la fourniture
faite pour monsieur de la court
bien liberal de sa nature
Mais d'argent tout un peu court
Premièrement pour [illegible]

Tant en estoffe qu'en façon
Cela m'est deu, je vous proteste
Sur un diamant d'Alençon.

Pour un habit de drap d'Espagne
Douze aulnes, chausses & pourpoint;
Le manteau servoit à la campagne
Avec un double arrière point.

Cinq onces de soye perlée
Quatre douzaines de boutons
Lorsqu'il offrit à la [illegible]
A [illegible] yeux des coups de bastons.

Plus qu'il me doit la [illegible]
Un haut volant bas attaché
Qu'il eut [illegible] par [illegible]
D'autant qu'il estoit empressé.

Pour deux douzaines d'esguillettes
Qu'il me pria de luy fournir
Qu'il escrivit dans ses tablettes
Afin de mieux s'en souvenir.

Le satin blanc d'une [illegible]
Qu'il me doit encore en effet
Et si je veux que l'on me tonse
Si l'on vit jamais rien mieux fait.

Je luy ay fourni davantage
Les [illegible] de ses laquais:
Mais l'habillement de son page
Est demeuré dans mes [illegible].

Dès le voyage de Savoye a [illegible] [illegible] 6
En sarge verte à deux envers,
En passement, galon & soye
Pour les habits estoient couverts.

En frize, couleur [illegible] [illegible]chettes

3

J'advançay deux doubles ducats,
De plus pour les avoir contraictes
Mais tout cela n'est pas gd. cas.

Surquoy sans mentir je l'advoue
J'ay receu de luy cinq doublons
Car il revenoit d'où l'on joue,
Les deux faux, les 3 autres bons.

Et de nouveau depuis la mode
Des clinquans qui sont revenus
Il m'a dit que je l'accommode
Et que ses gens estoient tous nus.

Bien aise de revoir mon homme
Que j'avois longtemps attendu
Il me jura qu'il venoit de Rome — notes [illegible]
Et ~~quit~~ que je n'avois rien perdu.

Et du reste de son voyage
Il mit en mes mains deux écus
Sous tel si que dessus bon gage
Je luy fournirois le surplus.

Nous allons à l'argentoire
Pour prendre à credit du satin
Où l'on n'a dit sans raillerie
Qu'on n'entendoit pas le latin.

Je prins de la toile d'or fine,
Deux bas de soye de Milan
Et le tout non pas sur la mine
Ny de moy ny de mon chalan.

Sur l'heure j'en fis ma promesse
Pensant avoir du sens assez
J'estois vingt fois depuis à la messe
A prier pour les trespassés.

De là nous prismes carriere

Je droict chez le Passementier
Où l'on m'offrit boutique entière
De ce qui m'[illegible] faisoit mestier.

La Dame contente [illegible] quantité
Du clinquant fin [illegible] pris
Pour chamarrer [illegible] en guise
Ainsi que j'avois entrepris.

Boutons d'or, le galon de mesme
Et la gance pour le colet
Bref elle n'a mis à mesme
A prendre suyvant mon rolet.

Puis sur le champ il se ravise
D'avoir encor des [illegible]
Du plus fin Milan à sa guise
Pour fer un autre habillement.

Un collet de fleur il demande
A combien peut il revenir,
Pendant gaigner je le marchande
Et luy promets de le fournir.

Prenez donc mesure [illegible]
Le Passementier qui [illegible] besoin
Ce me dit Monsieur [illegible] faictes
Ce Plaisir d'en avoir le soin.

Et pour mieux voir ce que tout monte
Tant à la femme qu'aux [illegible]
La Dame suit la fin du conte
Prit sans [illegible] mes [illegible].

Je croy que cette fourniture
Sans tout ce que j'ay faict depuis
Vient à huict cents francs je le jure
De quoy pour la [illegible] j'en suis.

Ce n'est pas tout le bon apostre

Puis que vous voulez sçavoir
Mon a fort bien [illegible] hier l'autre
Que je ne [illegible] pas d'avoir.

Un peu devant la coqueluche
Si le froid estoit si piquant
Un manteau doublé de [illegible]
[illegible] à beaux [illegible] de clinquant.

L'autre de serge de Florence
Pourquoy [illegible] receu tan grand honneur
Vingt hommes [illegible] d'avance
Encore autant pour le brodeur.

Depuis une robe de chambre
Je suis fournis de poinct en poinct
Toilette d'Iris, musq & d'ambre,
Du reste je n'en parle point.

Il a faict en telle manière
Et m'a [illegible] bien mere
Que si je n'ay d'autre banière
Je ne seray jamais [illegible].

Toutes sortes [illegible]
Il ne me faict que [illegible]
Toutes fois je les y ay [illegible]
Qu'il promettoit de me payer.

Je l'ay poursuivi par justice,
C'est de nouvelle encore mieux
Il n'a [illegible] mangé d'[illegible]
A [illegible] des [illegible]

[illegible] les quatre mois [illegible]
[illegible] ay seu le traict
Les [illegible] après [illegible]
Et m'a faict un [illegible] à la [illegible] !

Ores aujourd'huy que je [illegible]

Devant le juge de ces lieux:
Messieurs, du doigt je v. le montre
Voilà ce brave glorieux!

Allez vous y fiez beau Sire,
Crestez leur un peu votre bien.
Notre femme l'a bien sçu dire
Qu'on n'en recouvre jamais rien.

N° 2 Voy. page 13.

Le Marchant.

Je viens à v. point je m'envoye,
Monsieur très illustre et puissant
Je sommes le marchand de soye
Qui se tient près Saint Innocent.

La rue au fevre est ma demeure
Je crois que vous devez sçavoir.
Il me faut payer à cette heure
C'est nouveauté que je y voit.

J'ay ma requeste respondue
De par Monsieur le Lieutenant:
Il a ma raison entendue
Estes la vostre maintenant:

Parguieu v. serez mis en cage,
V. estes un bailleur de canard, p. 19
J'avons fait changer de langage
Au moins à d'autres plus fins renard.

Après ce beau Monsieur de foire,
Ce bailleur de bourdes à vendre.
Mananda s'on le vouloit croire
Il n'y paroit en mots nouveaux.

T'en souviens tu, [illegible] oreilles
Quand tu faisois le suffisant
Tu pensiez faire des merveilles
Nostre marchandise atirant.

Je t'en donnismes la fin belle
Que j'aviens dans le magasin
Qui fut cause de la querelle
Que j'eum' avec nostre voisin.

Depuis tu sçay dans ma boutique
Tu veniez à traitter l'amour
Au sous couleur de rectorique
Tu projectiez un mauvais tour.

Mais ta chose fut découverte
Par celuy de nos gens qui tient
Mon livre de bajane-varte
Qui tout mon trafiq [illegible]

Il te vit à travers la porte
Que tu baisiez la nostre en bas
Mais ce qui plus me reconforte
C'est qu'il dit qu'elle n'en vouloit pas.

Neantmoins puis je ne sçay se
C'est ainsi rufian que tu es
Tu ferez bien ton entreprise
Si je n'estois [illegible] venais.

Dieu mercy de la belle Dame
Mon honneur est bien conservé :
Il n'a tenu qu'à nostre femme
Qu'on ne l'ayt sur elle trouvé.

Et puis que rien je te pardonne,
Tu ne l'auras pas tout en tout.
A Paris la justice est bonne
Je poursuivrons jusqu'au bout.

Tu as beau me faire menace,
J'aurois bien de toy la raison
Je te crains moins qu'une limace
Q. tu seras de la prison.

Nos parties devant notaire
Sont arrestées [illegible] il faut -
Vois tu je ne me pouvois taire,
Mordonquieu tu feras le sault.

Aga ce marauts, tu fais le Prince
Et le seigneur de qualité :
Comment sans rire tu me pince,
enfin l'on voyra l'equité.

Il me doit plus d'onze cents livres
A conter le vieux seullement.
Sans le nouveau qui d. mes livres
[illegible] pas arresté nullement.

Je n'aviens que ses damoiselles
Et des servantes [illegible] tous les jours
Qui marchandiens [illegible] pour elles
Taffetas satins et velours.

C'estoit charme ou q. sottise
Ou bien aviens les yeux au cu
De bailler tant de marchandise
Sans voir de luy un seul escu.

Le voila je le reboute
A v. Monsieur le Lieutenant,
Sans l'espargner aucune sorte
faictes en caresme [illegible] venant.

www.ingramcontent.com/pod-product-compliance
Ingram Content Group UK Ltd.
Pitfield, Milton Keynes, MK11 3LW, UK
UKHW020408220726
13923UKWH00004B/1822